TRIBOULET

A

NAPOLÉON III

PARIS

IMPRIMERIE DE L. TINTERLIN ET Ce

rue Neuve-des-Bons-Enfants, 3.

TRIBOULET

À

NAPOLÉON III

PAR

BARRILLOT

PARIS
E. DENTU, LIBRAIRE-ÉDITEUR
PALAIS-ROYAL, 13 ET 17, GALERIE D'ORLÉANS

1861

TRIBOULET

A

NAPOLÉON III

Triboulet, éprouvant le besoin de dire quelque chose à l'Empereur, mais craignant de laisser échapper des bouffonneries devant un monarque plus sérieux que François Ier, va trouver son ami Polichinelle, lui explique sa pensée et le prie de parler pour lui. Celui-ci prend la plume et trace, sans reprendre haleine, l'Épître suivante :

POLICHINELLE.

Devant votre pouvoir j'incline mon bâton,
Sire, et vais vous parler sur un singulier ton.
Le ton de la franchise appartient à ma race
Brutalement sincère et brave comme Horace :

Je suis du peuple ; et vous un puissant souverain.
Je prends pour vous parler une trompe d'airain
Où je fais retentir une voix plébéienne ;
J'ai le courage fier d'une âme citoyenne !
Et malgré la hauteur du faîte où je vous vois,
Dieu fera jusqu'à vous répercuter ma voix.
Que l'on blâme mon vers brutal ou sympathique,
Je me mets au-dessus de toute politique,
De toute coterie et de tous les partis :
Les voyant hors de Dieu je les trouve petits.
La vérité n'est pas, Sire, une courtisane ;
Elle est nue, il est vrai, mais n'a rien de profane :
Comme elle tient du ciel et le geste et la voix,
On l'empêche d'entrer dans le palais des rois ;
Mais on n'empêchera point à ma voix qui vibre
De jeter dans Paris mon vers viril et libre !....

Malheur au souverain enceint de courtisans !
Ils seront de ses maux les premiers artisans.
Qu'ils portent la soutane ou d'épaisses moustaches,
Sire, défiez-vous : les flatteurs sont des lâches.
Si des calamités venaient fondre sur vous,
Les renards déguisés se changeraient en loups,
Aiguiseraient leurs dents et feraient leur pâture
Du hardi cavalier tombé de sa monture !

Nos deux points opposés nous rapprochent tous deux ;

Si mon raisonnement, Sire, est trop hasardeux,
Ne vous en fâchez pas, il vaut mieux en sourire :
Je saurai respecter le chef de notre empire.
Votre trône est d'airain et votre aigle un condor ;
Votre front est chargé d'une couronne d'or?
Je trône en mon taudis, où la misère hausse,
Sur ma chaise boiteuse avec un laurier-sauce.
Mon sceptre est une plume, une plume d'acier
Qui crache la satire à ce siècle grossier,
A ce siècle sans Dieu, sans foi, plein de misères,
Qui promène au grand jour sa lèpre et ses ulcères.

Vous êtes progressiste et je le suis aussi ;
Donc, nous nous entendrons assez bien, Dieu merci.
Des apôtres du Christ je n'ai pas l'auréole :
Je ne suis qu'un tribun, et je prends la parole
Quand nul n'ose parler. Je commence, écoutez :
Le bas-fond social est plein d'iniquités
Et de goûts crapuleux qu'engendre l'ignorance ;
Ne croyant pas en Dieu, que lui fait l'espérance!
Devant cette lumière il a fermé les yeux ;
Il marche dans la nuit, hante les mauvais lieux,
Et traîne dans la rue où la fange le souille
Ses haillons ambulants où la vermine grouille !
En haut, en bas, partout je ne vois que le mal.
Vous pouvez réparer ce désordre moral
Qui commence par l'homme et finit par la femme.

Vous avez à la fois charge de corps et d'âme;
Entre le bien, le mal il n'est pas de milieu;
Vous êtes mandataire et du peuple et de Dieu!
Sire, songez-y bien, le trône est périssable;
Plus on est haut placé, plus on est responsable.
Vous avez pris en mains la révolution
Pour faire progresser la grande nation
Qui ne doit pas tomber comme le Bas-Empire.
De tous les maux humains la débauche est le pire
Et nous en sommes là! la débauche partout
Ferme son œil vitreux du palais à l'égout.
Derrière des rideaux fleuris par des artistes
Elle va visiter les repus égoïstes;
Voluptueusement ignoble en ses ébats
Et sa pose lubrique, elle rit aux éclats.
Alors les amoureux de la fille bachique,
Voyant qu'ils sont cachés, se grisent en musique;
Aux tintements aigus des verres de cristal,
Le piano fait vibrer ses cordes de métal.
Les rires, les hoquets, les syllabes hideuses
Jettent dans ce concert leurs notes graveleuses.
Les divans sont tachés?... on les remplacera!...
Si l'or vient à manquer on boursicottera?
—Comme au temps des païens buvons à longue haleine,
Grogne l'amphitryon à la lourde bedaine :
—Épicure a raison; oui, la matière est tout!
Puisqu'on trouve la mort et le néant au bout

Du chemin de la vie, il faut qu'on s'y conforme.
Soyons les alambics de la matière informe ;
Refiltrons les vieux vins qu'a filtrés le soleil
Avant d'aller dormir dans la nuit sans réveil !
Buvons pour être gais ! et rendons à la terre
Tous ces vins généreux dont le feu nous altère.
Quand on a des divans on se passe de lits :
Dénouez vos cheveux, filles au teint de lis ;
Pendant que vous allez dégraffer la ceinture
Je vais porter un toast à l'ombre d'Épicure !...

Et tous les conviés en hâte font chorus
Au toast improvisé du nouveau Lucullus.
Les volets sont fermés, la muraille est épaisse,
On n'est vu de personne, en avant donc l'ivresse
De la bestialité !... si le jour n'est pas beau,
La nuit est magnifique ! éteignons le flambeau...
La lumière s'éteint, puis enfin tout se mêle,
La barbe et les cheveux, le mâle et la femelle,
Qui n'ont plus rien d'humain perdant le sens moral :
Ce qui hurle et se tord c'est l'instinct animal !
Et le salon doré n'est plus qu'une écurie
Où chacun, à tâtons, convole avec furie.

En voyant ce tableau les étoiles des cieux
Appellent le nuage et se voilent les yeux.
Alors, douleur divine ! à l'angle du mur sombre,

Le messager de Dieu, l'ange qui voit dans l'ombre,
Laisse égoutter ses pleurs silencieusement
Sur tant d'ignominies et d'abrutissement.

Et quand le jour paraît chacun ronfle à sa place ;
Le cauchemar imprime aux muscles de leur face
Un mouvement fébrile : on croirait voir des morts
Sur qui le galvanisme a tenté ses efforts.
Par un trou des volets, l'astre qui nous éclaire,
Tel qu'un œil curieux darde un trait de lumière :
Les voyant abattus et sommeillant encor,
Comme sur un fumier leur jette un rayon d'or !

Le doigt de la pendule en tournant marque une heure;
On se lève ; et chacun regagne sa demeure.
Ces gens, rassasiés de la lubricité,
Parmi les travailleurs passent avec fierté.
Ils ont bien le reflet d'une orgie incongrue,
Mais on ne les voit pas tituber dans la rue.
Ils se sont dégradés, qu'importe, on n'y voit rien !
En sauvant l'apparence on est homme de bien.

Ces choses-là se font, Sire, dans votre empire !...
Partout le vice règne et la morale expire.
Tout exemple d'en haut tombe fatalement
Dans le flot populaire et l'agite ardemment.
En voyant ce qu'on fait dans cette sphère inique,

Le peuple imitateur alors devient cynique.
Étant moins hypocrite, il étale au grand jour
Sa sale ivrognerie et son brutal amour !
Sire, il faut l'empêcher d'aboutir à ces chutes,
Dieu ne vous a pas fait pour gouverner des brutes,
Des hommes énervés au feu de l'alcool,
D'un vin bleu qu'on frelate avec du vitriol !
Mais, Sire, songez donc que cette espèce immonde
Avant peu ne mettra que des crétins au monde !
Êtres débilités, pauvres d'esprit, de corps,
Automates cagneux, qui mus par des ressorts
Affaiblis et rouillés, semblables à des grues,
Iront se coudoyer bêtement dans les rues !
Que deviendra la France avec de tels sujets ?...
Cette France si belle, ayant de pareils jets,
Comme un arbre pourri tombera branche à branche,
Et l'Europe sur elle, ainsi qu'une avalanche,
En grondant croulera ; les branches et le tronc
Sous ce grand ouragan, brisés, disparaîtront.
Pas de vaines terreurs : la France est immortelle
Et glorieuse ! Dieu la prend sous sa tutelle.
Elle porte à la fois le glaive et le flambeau !
Lorsque la liberté souffle dans son drapeau,
Le monde ému tressaille et se demande encore :
— Que va nous présager l'arc-en-ciel tricolore ?
Si l'Europe massait ses nombreux bataillons,
La France lâcherait ses quatorze lions

Dont les rugissements ont fait trembler le monde !...
On le sait : la patrie en danger est féconde :
Elle peut, au besoin, multiplier ses fils
Comme on voit dans ses champs se presser les épis.

Notre calamité ne peut être durable
Et ce mal, après tout, n'est pas mal incurable :
Vous pouvez le guérir par la sévérité
En ramenant la foule à la moralité.
En la faisant marcher comme un troupeau docile
Que l'on conduit au bien par un chemin facile.
Vous êtes Empereur, dictateur absolu,
C'est ainsi que le peuple et Dieu vous ont élu.
C'est une mission que le ciel vous impose ;
Qu'importent les effets dont Dieu seul est la cause,
Vous êtes placé haut et vous ne voyez pas
Ce que l'observateur Lazare voit en bas,
C'est-à-dire la base où s'assied votre trône,
Le sol qui fit pousser l'or de votre couronne ;
Dans un monde éloigné vous vivez à l'écart
Sans entendre monter jusqu'à vous le brocard !
Vos courtisans sont là, vous soufflant à l'oreille :
Que vous êtes un Dieu, le monarque-merveille !
Mais vous n'en croyez rien, vous régnez simplement ;
Vous portez du bourgeois le bourgeois vêtement ;
Vous prouvez en cela votre grande sagesse :
Qui veut trop s'élever en s'élevant s'abaisse.

Un certain roi français, Louis Quatorze enfin,
Ne voyait pas son peuple abruti par la faim :
C'était le roi-soleil, il éclairait le monde !
Quand un jour Fénelon, la sagesse profonde,
Lui dit ses vérités ; il entendit tout bas
Cette voix prophétique et ne sourcilla pas :
Elle venait d'en haut et Louis dut se taire
Devant ces mots hardis qui parlaient sans mystère.
Certes, je suis bien loin de ce sage, vraiment,
Mais je vais, comme lui, vous parler franchement.

Tous les Dieux s'en allaient du temps du Bas-Empire,
Et les Romains disaient : Mourons ! le monde expire !...
Quand du Nazaréen, qui périt sur la croix,
La parole vint dire à ce peuple : Aime et crois !
Et Rome vit alors une lueur nouvelle
Qui fit pâlir les Dieux. La débauche eut peur d'elle ;
Elle brisa dans l'ombre, en s'enivrant encor,
Et l'amphore d'argent et la patère d'or.
Le grand révélateur, émanant de Dieu même,
Pour rajeunir le monde apportait le baptême.
Il était corrompu, prêt à tout défier....
Le pleur du Christ tomba pour le purifier !
Et la terre vieillie, aux larges flancs arides,
De sa caducité vit s'effacer les rides,
Le souffle rédempteur sur elle avait passé,
Son masque de débauche allait être effacé.

Nous sommes revenus à ces temps d'inertie ;
Hélas? nous attendons tous un nouveau Messie,
Le rédempteur d'amour et de fraternité
Unissant devant Dieu toute l'humanité !

Vous avez un grand rôle à jouer dans ce monde,
Sire, profitez-en. Plus la plaie est profonde
Plus on y doit fouiller afin de la guérir.
La France est jeune et forte et ne doit pas mourir.
Qu'espère-t-on fonder avec le Jésuitisme ?
Voltaire l'a tué... Le doute et l'athéisme
Ont remplacé la foi ; de là ce désespoir
Qui tend tout l'horizon d'un vaste rideau noir ;
De là nos grands chagrins, nos grandes défaillances :
L'athéisme a soufflé sur toutes nos croyances !
Ce sont les jours fiévreux de ce siècle géant
Dont la lumière lutte et combat le néant.
Le Pape se débat pour un morceau de terre ;
L'amour du temporel le met sur un cratère ;
Car au lieu d'observer la sainte austérité
Des apôtres chrétiens prêchant la charité
Sous des haillons pareils aux haillons de Lazare,
Il retient à deux mains sur son front la tiare.
Le porte-clefs du ciel, d'un grand orgueil épris,
Aime mieux gouverner les corps que les esprits.
O clefs d'un Paradis que saint Pierre verrouille,
Le pouvoir temporel et vous use et vous rouille.

Nous sommes dans la nuit : qu'allons-nous devenir
Si rien de lumineux ne point dans l'avenir?
L'homme fait luire de l'or sous l'atmosphère sombre :
Il s'agite en tous sens et marche comme une ombre,
De son propre néant il se fait le milieu ;
Il regarde partout et dit : Où donc est Dieu !
Comme il s'est aveuglé par son orgueil risible,
Son œil n'aperçoit plus la puissance infaillible
Qui régit l'univers et verse à pleines mains
La pâture abondante au troupeau des humains.
Ainsi que les anciens il s'est fait un fétiche,
Un fétiche doré qu'on prône et qu'on affiche,
Une espèce de dieu qui s'appelle Million,
Qui dirige le monde et lui met un bâillon ;
Un dieu brutal et rond, qui sort de la matière
Et voudrait absorber la terre tout entière,
Les Jésuites aidant, les Juifs et cætera.
Si cela continue, avant peu l'on mettra
Sur un fût de granit, plus haut que Notre-Dame,
Un écu d'or massif, avec une oriflamme ;
Les deux remplaceront la Croix et le Croissant
Et feront incliner le peuple obéissant
Prompt à s'agenouiller devant le dieu moderne,
Lequel lui répondra par son rayon paterne,
Ces mots qu'avec amour chacun écoutera :
Je me nomme vingt francs ! m'attrape qui pourra !
Cette divinité remplace tous les cultes ;

C'est un levier plus fort que tous les catapultes;
Elle brasse à plaisir toutes les passions,
Enflamme les cerveaux de mille émotions
Et les fait converger au matérialisme :
L'homme, en partant de là, tombe dans l'athéisme ;
Alors, son cœur étant frappé de cécité,
Il traîne le désordre au champ, dans la cité,
Partout il suit l'instinct de ses passions viles
Et ne craint même plus l'arrêt des lois civiles!
Comment pourrait-il craindre, en bonne vérité,
Les immuables lois de la Divinité!

Nous ne croyons à rien, et c'est ainsi qu'est l'homme
Non plus un être humain, une bête de somme!
L'égoïsme et l'orgueil vont de pair en tout lieu ;
De sorte que chacun se croit un petit dieu!
Oui, le luxe s'accroît dans votre capitale,
Sire, il nous éblouit! mais l'impudeur étale
Sa soie et son velours, son or, ses diamants
Gagnés sur le sopha de beaux appartements.
Jouir c'est exister, il faut bien qu'on jouisse
Jusqu'à la tombe! et puis, que le monde finisse
Ou ne finisse pas, il nous importe peu;
La vie est un damier..... et l'on triche à ce jeu :
Tant pis pour le perdant.

A quoi bon la morale!

On chante l'opéra dans votre cathédrale !
Là, le mal n'est pas grand ; même étant puritain
On peut bien préférer Gluck au plain-chant latin.
Les lieux sanctifiés, où l'orgue et la prière
A tous faisaient fléchir les genoux sur la pierre,
Ne sont plus maintenant que d'immenses boudoirs
Où l'on se dit tout bas ses petits désespoirs.
L'église ne voit plus accourir les fidèles.
Depuis que la prière a perdu ses deux ailes
L'ange est devenu femme, et la femme, à genoux,
Loin d'attendre la grâce, attend un billet doux ;
Si bien que ce démon, en adorant la Vierge,
A Vénus impudique allumerait un cierge.
On n'a plus de respect pour la Divinité !...
Puis on va promenant la fausse charité,
La charité mignonne, élégamment parée,
Qui vous tend ses doigts blancs et sa bourse dorée :
Comment lui refuser ! elle a de si beaux yeux !...
De si beaux yeux quêteurs !... que l'on devient pieux.
Et l'on dirait peut-être, en la voyant si belle,
Qu'en quêtant pour les gueux elle quête pour elle.
Les cultes, aujourd'hui, n'ont plus que des dehors,
C'est à qui fait le plus de splendides décors.
Il faut remédier à cette décadence :
Pas de peuple sans Dieu ! Jamais la Providence
Ne s'est manifestée avec autant d'amour
Et de sollicitude ; elle éclate au grand jour !

On ne peut la nier : comme une flamme ardente
Elle fait circuler sa lumière évidente ;
On la touche, on la sent ! on ne la voyait pas ?
On l'entend, on la voit !... Les nouveaux saint Thomas
Ne viendront pas plonger leurs doigts dans une plaie,
Tous leurs sens palperont une vérité vraie
Qui vient donner au monde une nouvelle loi !
On ne marchera plus dans une aveugle foi :
Il suffira d'ouvrir les yeux à la lumière
Pour moins préconiser le dieu de la matière
Et pour faire à ce culte un éternel adieu.
Ce n'est plus à tâtons que l'on ira vers Dieu,
Non, c'est par la bonté. La science nouvelle
Nous démontre aujourd'hui que l'âme est immortelle.
Avec l'œil de la foi jadis on la voyait ;
Ce n'était qu'un désir, mais rien ne flamboyait
Au delà de la tombe. On sentait bien son aile
Frissonner par moment dans sa cage charnelle,
On devinait son *moi*, sa personnalité,
Mais nul n'était certain de l'immortalité
De ce *moi* vague, obscur, piétinant dans le doute
Et souvent trébuchant au milieu de la route
Qui devait le conduire à la perfection.
Il s'ensuivait de là mainte réflexion,
De gros in-octavos pleins de théologie,
Auxquels on opposait des livres de magie.
Puis, la philosophie, avec ses doigts prudents,

Mettait son alambic sur des fourneaux ardents
Et distillait le tout pour trouver la sagesse.
Elle cherchait, cherchait et remuait sans cesse
Toutes ces questions. Le travail accompli
Il ne restait que cendre, et dans le fond, l'oubli.

Dans cette nuit du doute il s'allume une étoile :
Dieu vient de soulever un léger pan du voile
Qui cachait dans ses plis profonds, mystérieux,
Les vérités sans fin de la terre et des cieux.
Le mystère a cessé. La mort n'est plus muette,
Quand le corps disparaît dans la tombe discrète,
La chrysalide s'ouvre et l'esprit prend son vol !
Il monte dans le ciel, redescend sur le sol,
Revoit tous ses amis, les coudoie, invisible,
Et, la nuit, vient veiller sur leur sommeil paisible :
Se sert du médium pour leur venir parler
D'espérance et d'amour, et pour leur révéler
Dans ses épanchements la sagesse infinie
Qui dirige des cieux l'immuable harmonie !
C'est la télégraphie extra-terrestre enfin,
Qui fait que l'homme cause avec le séraphin,
Selon que la vertu parle haut dans son âme.
Avec tous ses chers morts, ainsi qu'avec sa femme,
On peut tranquillement causer longtemps, souvent,
Comme si les esprits avaient un corps vivant.

Tout cela s'accomplit, Sire, sous votre règne!...
Faites que l'on vous aime et non pas qu'on vous craigne.
Dieu le veut : c'est à vous, à votre autorité,
De conduire le peuple à la fraternité.
Puisque des nations la France est la première,
C'est à vous d'employer cette grande lumière
Qui point dans votre empire et d'en faire un soleil!
Vous le savez, jamais phénomène pareil
Ne s'est manifesté : c'est Dieu qui se révèle
Par tous ses messagers ; c'est la bonne nouvelle !
Répandez-la partout, faites ouvrir les yeux
A la foule qui marche et ne voit pas les cieux ;
Montrez à ses regards cette lumière vive
Faite pour remplacer sa vieille foi naïve,
Faite pour éclairer et non pour abuser.
La parole du Christ va se réaliser
Et briller dans des temps aussi vils que les nôtres ;
L'esprit qui descendit sur le front des apôtres,
En y laissant un nimbe ardent et lumineux,
Redescend pour chasser tous les instincts haineux,
Pour apporter l'amour, pour éteindre la guerre
Et montrer que la vie est vaine et passagère,
Que l'égoïsme est lâche et que l'homme agit mal
En se préoccupant de son but animal :
Existence d'un jour qui ne vaut pas la peine
Que les hommes entre eux croisent un mot de haine.
Non ! non ! quand ils sauront que tout n'est pas fini

Sur cette sphère-enfant, qu'on va dans l'infini,
Qu'on n'a fait qu'une étape, une étape d'une heure,
Et que l'on reverra les amis que l'on pleure,
Que l'on craindra de voir ceux qu'on a fait souffrir,
La bonté d'elle-même au cœur viendra s'offrir
Et l'on ne fera plus de mal à son semblable ;
On ne bâtira plus des châteaux sur le sable :
Certains d'être immortels, — chacun pourra le voir, —
Nous travaillerons tous à remplir un devoir.

Nous sommes retombés dans un chaos stupide
Où chacun fait valoir son opinion turpide,
Dans un chaos gonflé de révolutions !
De dégradations en dégradations,
Nous sommes replongés dans la tourbe du vice !...
On dirait que chacun avec plaisir s'y visse
Pour n'en sortir jamais ! c'est à qui le premier
Se couvrira le plus d'ordure et de fumier.
C'est dans un tel bourbier que l'homme s'enracine,
En croyant au néant lui-même il s'assassine :
Il boit des alcools, puisés on ne sait où,
Qui lui châtrent le cœur ou qui le rendent fou.
La voix de la raison ne se fait plus entendre ;
L'un se jette à la Seine et l'autre va se pendre
En laissant des enfants que la Maternité
Prend aux frais de l'État et de la charité.
Mettez de forts impôts sur de pareils liquides

Qui font les cœurs étroits et les cervelles vides !...
Tout homme qui chancelle et grogne en cheminant
Doit être par vos lois puni sévèrement,
Car il attente aux mœurs. Comme l'homme cynique
Il soufflette en passant la morale publique.
Et l'homme ne doit pas, pour aggraver ses maux,
Faire ce que jamais n'ont fait les animaux.

Sire, voilà quel est le chancre qui nous ronge !
Plantez-y le scalpel et passez-y l'éponge :
N'attendez pas que Dieu prononce ses arrêts :
S'il vous a fait le chef du peuple et du progrès
Afin que votre main de fer tienne les rênes
De ce char encombré de sottises humaines,
Il faut le ramener à la saine raison
Et lui montrer la paix debout à l'horizon.

Certes, vous avez fait, Sire, de grandes choses !
Paris se renouvelle, et ses métamorphoses
Sont splendides à voir ; il devient imposant,
Il ébahit l'Anglais, charme le paysan
Et remplit de fierté sa cohue indigène :
Vous y faites courir l'air du ciel, l'oxygène ;
Les miasmes s'en vont par de larges canaux,
Et la Seine les lave au courant de ses eaux.
Vos boulevards géants sont vraiment fantastiques.
Vos modernes palais ont de vastes portiques :

Vos casernes, surtout, sont de vrais monuments
A pouvoir contenir quatre ou cinq régiments :
Afin que du Sauveur le culte s'éternise
Leur angle se projette à l'ombre de l'église.
Les ponts à tablier noué de fils de fer,
Se sont évanouis comme un souffle dans l'air.
Ceux que vous bâtissez sont en pierres de taille,
Et dix mille canons, dans un jour de bataille,
Passeraient sur leurs dos sans les faire trembler,
Parce qu'ils ont des pieds qu'on ne peut ébranler,
Vous avez en cinq ans bâti le nouveau Louvre
Devant qui le passant s'arrête et se découvre
Pour admirer l'effort de l'art prodigieux
Qui fit ce que jamais n'avaient fait nos ayeux.
Lentement Notre-Dame a mis sa robe neuve ;
Elle n'est plus en deuil comme une pauvre veuve ;
Et son aiguille svelte élance jusqu'au ciel
Le signe de celui qui pour nous but le fiel.
Les vieux rois alignés sur son porche gothique
Dans leur barbe de pierre ont un air extatique.
Il ne lui manque plus que deux flèches à jour.
S'allongeant dans le ciel du haut de chaque tour.

Vos halles sont de fonte et leur architecture
Grandiose est savante. On y voit la pâture
De Paris-Polyphème : au colosse gourmand
Il fallait pour office un pareil monument.

Vous avez remplacé de vieux tas d'immondices
Par des jardins fleuris tout peuplés de délices,
Edens en miniature où s'en viennent le jour
Les chercheurs de repos et les chercheurs d'amour.
Vous n'avez pas besoin d'attendre vingt années
Pour que le marronnier, pendant les matinées
D'un printemps en soleil, jette aux pieds des passants
L'ombre de ses rameaux vert-pâle et fleurissants :
Vous faites voyager les arbres centenaires,
Comme Napoléon ses vieux légionnaires ;
Et vous les plantez là, pareils à des grognards
Qui ne craignent ni froid, ni soleil, ni brouillards.

Vous ne rencontrez pas de sources épuisées,
Et rien n'est comparable à vos Champs-Élysées ;
On dirait qu'une fée, abaissant son essor,
A créé tout cela de sa baguette d'or ;
C'est à faire pâlir tous les jardins d'Armide.
Large et haut, imposant comme une pyramide,
Au fond l'Arc de triomphe encadre l'horizon.
Le pied des promeneurs effleure le gazon ;
Les landaux blasonnés, la calèche princière
Au galop des chevaux font voler la poussière.
On n'a jamais rien vu d'aussi beau que Paris ;
Mahomet en ferait un sérail de houris.
C'est grand, majestueux, imprégné de noblesse,
Mais le niveau moral de jour en jour s'abaisse.

Le corps est bien vêtu, le cœur a des haillons.
On ne craint plus l'émeute et les rébellions.
Le soleil, librement fait circuler ses flammes :
C'est l'assainissement des corps et non des âmes :
C'est un vêtement neuf dont Paris se revêt,
Un complet changement de plumes, de duvet
Pour l'aigle dont la foudre enflamme les paupières.
Sire, ces choses-là ne sont qu'amas de pierres :
Ce que vous bâtissez, le temps le détruira !
Ce que l'on fait pour Dieu toujours subsistera !

Vous avez relevé le drapeau de la France
Que le roi-citoyen, dans son indifférence,
Avait enseveli sous un amas d'écus ;
Vous avez réveillé nos soldats invaincus,
Les fils de ces géants, de cette forte race
Que Dieu seul put coucher dans un linceul de glace ;
Vous avez au Piémont porté la liberté :
C'est bien, c'est beau, c'est grand, c'est rempli d'équité;
Mais Rome n'est pas libre ! elle est là, haletante
Comme une vieille esclave accroupie en sa tente.
La mère des Brutus et de tant d'empereurs
Vers vous, en soupirant, tourne ses yeux en pleurs.
Vous n'avez qu'à souffler sur sa chaîne rouillée !
Et l'ex-reine du monde, heureuse, émerveillée
De se trouver debout au milieu de ses fils,
A l'Autrichien bourreau jettera ses défis !...

Sire, vous le voyez, votre tâche commence;
Ne vous arrêtez pas, elle peut être immense!
Elle peut vous placer si haut dans l'avenir
Qu'il en pourra garder un vivant souvenir.
Il est temps de guider la foule dégradée.
Les penseurs n'osent plus nous émettre une idée :
Le peuple se repaît d'imbéciles romans
Qui lui faussent l'esprit, lui volent ses moments
Qu'il pourrait employer à trouver la sagesse.
C'est la stupidité qui fait tourner la presse :
Les aberrations, les monstruosités
Envahissent les bourgs, les hameaux, les cités;
L'adultère, le vol, les bourreaux, les victimes,
Maculent par million la feuille à cinq centimes:
Et la locomotive, avec un train d'enfer,
Emporte, en sifflant haut, sur ses lignes de fer,
Ces détritus de mots pour égayer la France
Qui commence à souffrir de cette intempérance.

La chanson, qui riait du temps de Béranger,
Oiseau dépaysé, s'enfuit à l'étranger.
On chante maintenant, sous forme de ballades,
Des refrains égrillards et des mirlitonnades.
En perdant son esprit le vers s'est fait Pasquin
Et va s'accompagnant d'une corne à bouquin.
De sa propre bêtise en riant il se joue,
Et le vieux sel gaulois s'est fondu dans la boue.

Le chant patriotique, au large son cuivré !
Depuis bientôt trois ans n'a pas encor vibré ;
Seulement, quelquefois, une muse en goguette
Le chante dans son verre au fond d'une guinguette,
Mais le chante tout bas, en tournant ses regards
Du côté de la porte, ayant peur des mouchards.

Le théâtre est tombé dans le dévergondage ;
On ne raisonne plus, on fait du bavardage,
D'absurdes jeux de mots, de méchants calembours
Ramassés dans la rue et dans les carrefours.
Plus rien de grand, de beau ne paraît sur la scène .
Ce qui plaît au public c'est une danse obscène ;
Un couplet graveleux, que nîrait Turlupin,
Lui transforme les mains en battoirs de sapin !
On fait courir Paris avec une féerie
Où l'on voit chevaucher bêtise et niaiserie,
Où l'une portant l'autre, avec décors, chevaux,
D'un public hébété recueille les bravos !

Aussi bien que les mœurs, l'art est en décadence ;
Chacun se prosaïse et parle avec prudence.
La pensée et le vers se sont abâtardis ;
On ne sait plus créer de ces héros hardis
Qui, maniant le glaive et les mâles idées,
Semblaient nous dominer d'un front de cent coudées !
Le flasque alexandrin se guinde en habit noir,

Et ce qui peut peut briller est mis sous l'éteignoir.

Qu'est devenu Corneille et sa mâle énergie?
Qu'est devenu Racine, amant de l'élégie?
Qu'est devenu Molière, analyseur profond
Ouvrant le cœur humain et lisant jusqu'au fond?
Au front des courtisans jetant le ridicule
Et châtiant son siècle à grands coups de férule?
On n'avait que Balzac, et Balzac est muet.
Où sont les grands élans du fougueux Bossuet?
Et Pascal accablé de sa pensée innée?
Où donc est Fénelon, la sagesse incarnée,
Qui faisait la leçon au monarque orgueilleux
Et dont la charité s'égrenait en tous lieux?
Monuments éternels plus que les pyramides,
Leurs chefs-d'œuvre sont là, rayonnants et splendides.
Louis qui se trouva dans ce rayonnement
Se crut un roi-soleil tombé du firmament.
Ce sont ces grands penseurs qui firent le grand règne,
Le siècle qui ne craint pas que le temps l'étreigne
Et le foule à ses pieds comme un lutteur vaincu
En disant : c'est assez, ce lutteur a vécu.

Nous sommes cependant au siècle des lumières!
Sire, je ne vois pas de phares littéraires
Briller autour de vous. Beaucoup de feux follets
Et de petits rayons transperçant les volets

D'une alcôve, et c'est tout. Oui, les talents abondent ;
Mais où sont les cerveaux créateurs qui fécondent
Une puissante idée et la font rejaillir
Sur le monde étonné qui se sent tressaillir?
Je cherche et ne vois rien. Lamartine radote.
Et le cygne n'est plus qu'un canard qui barbotte.
Adieu donc l'idéal et les vers souverains.
Qu'est-ce que l'Institut?... Une cage à serins.
Sand a fait rentrer tous ses moutons à la crèche ;
Michelet et Simon sont encor sur la brèche ;
Proudhon, Victor Hugo, ces deux fronts étoilés,
Lucifer et Michel, veulent être exilés.

Comme un aigle blessé, sur le roc, le poëte
Embrasse l'horizon où gronde la tempête,
Et dit, en regardant le couchant s'assombrir :
Sans revoir mon pays me faudra-t-il mourir ?
Sur son rocher d'exil, où la muse éternelle
Baise son large front, le couvre de son aile,
Le poëte inspiré, d'un saint amour épris,
Converse dans son âme avec les grands esprits,
Avec ceux dont la voix harmonieuse et tendre,
Comme une mélodie en nous se fait entendre,
Il parle d'avenir, de paix, d'humanité,
Embrasse d'un coup d'œil toute l'éternité
Et demande à ces morts, frères de son génie,
Comment on peut gravir la spirale infinie.

Et les sages esprits, sobres, majestueux,
Répondent au poëte : En étant vertueux,
En étant résigné, plein de mansuétude,
En faisant de son cœur une profonde étude,
En tuant l'égoïsme envahisseur de feu,
Surtout en abaissant son orgueil devant Dieu.

En ce moment, j'entends une voix sympathique
Me disant doucement, sur un rhythme angélique :
Que l'on ne doit régner que par la charité,
Par l'amour de son peuple et par la liberté.
Sire, j'entends encor cette phrase profonde :
« La France est plus que vous, elle est moins que le monde,
Le monde inaperçu roule dans l'univers
Pareil au grain de mil emporté dans les airs ;
Cet univers se meut, bornes immesurables,
Dans d'autres univers plus incommensurables !
Dieu les domine tous et vous dit, par autrui,
D'amener par l'amour tous les peuples à lui !
Que la rédemption générale est prochaine :
Oui, l'hydre que le Mal sur ce globe déchaîne
Doit être terrassé sous le talon divin
De celui que le cœur jamais n'appelle en vain. »

Ce que je vous dis là pourra paraître étrange,
On dira : c'est un fou, son cerveau se dérange ;
Et moi je répondrai, résigné dans mon coin :

L'œil des sens est borné, l'œil de l'âme voit loin.

Je ne présume pas, Sire, que cette Épître
Parvienne jusqu'à vous par rapport à son titre
Qui blesse un peu l'oreille : Un bonhomme de bois
Peut-il parler raison à Napoléon Trois?
Et pourquoi non?... qui sait? Le vieux Polichinelle,
Le grand héros forain que l'on croit sans cervelle,
En devenant poëte un jour peut en avoir
Et voir dans le lointain ce qu'on ne peut prévoir.

Les hommes de nos temps de plus en plus s'abhorrent;
De grands événements dans le ciel s'élaborent :
De ce creuset divin doit-il sortir l'amour!
L'amour universel qu'on attend chaque jour,
Cet amour qui fera tout un peuple de frères
Qui par leur union chasseront les misères?...
Ou bien sortira-t-il des trombes, des éclairs,
Qui feront voyager l'Océan dans les airs,
Et le laissant tomber comme un nouveau déluge,
Aux hommes dépravés refusant tout refuge,
Les feront assaillir de flots exaspérés
Où viendront surnager leurs membres déchirés?
Non, Dieu ne sait qu'aimer et ne veut pas maudire.
J'attends patiemment, j'attends et je soupire;
Et comme Job assis, triste, sur son fumier,
Je pleure amèrement; et je tends le premier

Mes deux mains vers le ciel ; et je dis dans mon âme :
O Dieu bon ! épargnez votre souffle de flamme
Qui ferait de la terre une cendre à néant !...
Ne la recouvrez pas des flots de l'Océan !
Dieu bon ! soyez clément pour votre créature !
Le doute qui l'obsède égare sa nature ;
Patientez encor : l'homme est si malheureux !...
Voyez ! il se débat comme un enfant peureux.
Qu'un éclair de vos yeux dans son âme pénètre
Et sous vos lois d'amour vous le verrez renaître,
Rejeter l'égoïsme et son impiété
Et remonter à vous dans sa simplicité.

Octobre 1861.

FIN.

www.ingramcontent.com/pod-product-compliance
Ingram Content Group UK Ltd.
Pitfield, Milton Keynes, MK11 3LW, UK
UKHW020224180726
13838UKWH00005B/2168